La Custodie Franciscaine

INTERNATIONALE DE TERRE-SAINTE

PAR

le R. P. Victor-Bernardin FAUVEL, de Rouen, O. F. M.

EX-COMMISSAIRE GÉNÉRAL DE TERRE-SAINTE.

Société Saint-Augustin, Desclée, De Brouwer et Cie.

LILLE
11, RUE DU METZ,

PARIS
30, RUE SAINT-SULPICE.

LA CUSTODIE FRANCISCAINE INTERNATIONALE DE TERRE-SAINTE

La Custodie

Franciscaine

INTERNATIONALE DE TERRE-SAINTE

PAR

le R. P. Victor-Bernardin FAUVEL, de Rouen, O. F. M.

EX-COMMISSAIRE GÉNÉRAL DE TERRE-SAINTE.

Société Saint-Augustin, Desclée, De Brouwer et Cie.

LILLE | PARIS
41, RUE DU METZ, | 30, RUE SAINT-SULPICE.

PROTESTATION

Pour nous conformer aux prescriptions du pape Urbain VIII, nous protestons que nous ne prétendons en rien devancer le jugement de l'Eglise et que chaque fois que, dans le cours de cet opuscule, nous donnons à un personnage la qualification de saint ou de martyr, ou bien que nous parlons d'intervention divine relativement à un fait sur lequel le Saint-Siège n'a pas statué, il ne s'agit que d'un témoignage purement humain.

IMPRIMATUR :

Sur le rapport favorable qui nous a été fait par l'examinateur, nous permettons l'impression.

Paris, le 26 Janvier 1910.

G. LEFEBVRE, vic. gén.

LA CUSTODIE FRANCISCAINE
INTERNATIONALE DE TERRE-SAINTE

CHAPITRE PREMIER

FONDATION.

APRÈS une tentative infructueuse pour se rendre en Orient à la conquête des âmes ou du martyre, François d'Assise s'embarquait au port d'Ancône, emmenant avec lui douze de ses Frères. C'était en 1219. La désastreuse bataille d'Hattine, en Galilée, perdue en 1187 par Guy de Lusignan, dernier roi latin de Jérusalem, avait mis fin à l'éphémère royaume de Godefroy de Bouillon. Par suite, la Palestine retombait au pouvoir des disciples de Mahomet. Les chrétiens ne possédaient plus qu'une partie du littoral, notamment Saint-Jean-d'Acre, dernier boulevard de la catholicité, et lui-même devait plus tard, hélas! passer aussi sous l'étendard du Croissant.

Cependant, la nef que montait François et ses intrépides compagnons voguait paisible vers l'Orient. Elle touche l'île de Chypre et aborde à Saint-Jean-d'Acre. Combien de temps François demeura-t-il dans ce port? C'est un point d'histoire que n'ont pas conservé les mémoires de l'époque. Mais ce qui est absolument hors de doute, c'est que de ces douze apôtres, onze furent envoyés par leur Père semer dans diverses parties de cette terre d'Orient le bon grain de la parole de vie. Quant au pieux conducteur du petit collège apostolique, il conserva près de lui le Frère Illuminé et fit avec ce compagnon une courte visite aux Lieux Saints; puis, sans perdre de temps, il se rendit en Egypte et pénétra dans le camp des chrétiens qui se trouvaient sous les murs de Damiette et assiégeaient cette ville.

Il n'entre pas dans notre plan de suivre le saint fondateur dans sa mission sur la terre des Pharaons. Favorablement accueilli par le soudan Mélédin, il obtint de ce prince l'autorisation de prêcher l'Evangile à ses sujets. Mettant à profit, au bénéfice des âmes, une faveur si exceptionnelle pour des temps et des lieux où vive était la haine contre la loi du Christ, le saint parcourut ces contrées, annonçant à toute âme Jésus-Christ crucifié; ses enfants imitèrent son zèle et participèrent à l'immunité qui couvrait leur Père. « Les musulmans eux-mêmes, dit Jacques de Vitry, évêque de Saint-Jean-d'Acre, membre et historien de cette croisade, reçoivent volontiers les Frères-Mineurs, prédicateurs auprès d'eux de l'Evangile. Nous avons vu de nos yeux le fondateur et supérieur général de cet Ordre; c'est un homme simple et sans lettres, aimé de Dieu et des hommes. On le nomme François. Enivré de la ferveur de l'esprit, il se rendit auprès du soudan, quand déjà l'armée des chrétiens campait sous Damiette... Tous les Sarrasins entendent volontiers les Frères-Mineurs leur parler de Jésus-Christ et de sa doctrine. Mais si dans leurs discours ils touchent à Mahomet et le traitent de menteur et d'infidèle, alors ils se révoltent, frappent les Frères et les chasseraient de leur ville si la protection divine ne les couvrait. » A ce témoignage d'un prince de l'Eglise, ajoutons que les infidèles, non contents, au rapport de Mariano de Florence, d'entendre avec plaisir les nouveaux prédicateurs parler de Jésus-Christ et de sa loi, les assistaient fréquemment dans leurs besoins journaliers, étaient impressionnés par leur vertu et la simplicité de leur vie et admiraient l'étroite pauvreté qui leur faisait dédaigner et rejeter toute pièce d'argent, pour modique qu'elle fût.

Mais ce n'était pas pour recueillir les vaines sympathies des habitants que François était venu dans ces contrées. Voyant l'inefficacité de ses efforts pour gagner leurs âmes au divin Sauveur, il retourna à Saint-Jean-d'Acre, passa jusqu'aux confins de l'Arménie, admit dans son Ordre

naissant les Bénédictins de la Montagne Noire et, d'après
une tradition pieusement conservée dans sa famille reli-
gieuse, visita une seconde fois et plus à loisir les augustes
sanctuaires de Judée et de Galilée : Mont-Sion, Saint-Sépulcre, Bethléem, Nazareth et autres, et y laissa certains
de ses Frères venus le rejoindre. « L'apostolat de François
en Orient, écrit Chavin de Malan, ne fut pas sans fruit.
Les Frères-Mineurs y sont restés comme une éternelle protestation du catholicisme. Dieu avait dit à son serviteur :
« Parcours présentement toute l'étendue de cette terre, par-
« ce que je te la donnerai. » Et comme les promesses de
Dieu ne passent pas, on croirait que le résultat final des
croisades a été d'établir les pauvres Franciscains gardiens
du Tombeau de Jésus-Christ et protecteurs des fidèles pèlerins. Car leur habit grossier est tellement imprégné des
parfums de la vertu et de l'esprit de sacrifice qu'il commande aux Turcs le respect et presque l'amour. » Les *Annales
de la Propagation de la Foi* (tome XIII, p. 318) rendent
le même témoignage. « La garde des Lieux Saints, y li-
sons-nous, est confiée aux Frères-Mineurs de l'Observance;
ils doivent ce glorieux privilège à la piété de leur patriarche
saint François qui, lui-même, avec douze de ses premiers
disciples, alla chercher en Syrie les travaux de l'apostolat et la couronne du martyre. Celle-ci ne lui fut pas donnée, mais il acquit pour son Ordre le privilège de prier
et de mourir entre le Berceau et le Sépulcre du Christ.
Aujourd'hui encore ces bons religieux, dont les infidèles
même respectent le costume et dont l'hospitalité est bénie
par de nombreux pèlerins, ont un toit et un autel à Jérusalem, à Bethléem, à Nazareth, à Jaffa, partout où l'histoire de la Rédemption a laissé un souvenir. »

Pendant que François se livrait avec toute l'ardeur de
son zèle à ces labeurs apostoliques, de graves événements
concernant son Ordre se passaient en Italie et nécessitaient
son retour en Europe. Il quitta donc l'Orient, mais en
s'en éloignant, il y laissa un fervent essaim qui continua
ses travaux.

La Custodie Franciscaine de Terre-Sainte était fondée.

CHAPITRE DEUXIÈME

ADMINISTRATION.

L E Père était parti, mais son esprit était demeuré dans ses enfants. Après comme avant, ce fut toujours même zèle, même abnégation, même mépris de la mort devant le danger. Les musulmans tenaient toujours en grande estime ces vertueux Religieux. Profitant de l'ascendant qu'ils exerçaient sur l'esprit des disciples de Mahomet, ils se dépensaient, sans compter leur peine, pour soulager dans leur détresse leurs frères en Jésus-Christ. Ce fut surtout quand l'ardeur des croisades se fut ralentie, quand l'armée des chrétiens fut réduite à une poignée d'hommes, quand, pour comble de disgrâce. la discorde se fut mise dans les rangs des soldats du Christ, que l'intervention des fils de saint François fut précieuse. Le plus léger incident, la plus petite prétention insolente de la part des mahométans, l'ombre même d'une escarmouche jetaient dans la consternation les quelques fidèles demeurés sur ce sol désolé. Souvent les pèlerins étaient faits captifs, étaient réduits à un dur esclavage, se trouvaient même en danger de perdre la vie. Dans ces occurrences, les Frères-Mineurs étaient la providence des affligés. Affranchis de toute crainte, ils volaient, semblables à des anges consolateurs descendus du ciel, partout où se rencontrait une larme à sécher, une misère à secourir. Pénétrant dans les cachots, ils recevaient les confidences des prisonniers, soignaient leurs plaies, allégeaient leurs souffrances, leur parlaient de la patrie absente, leur faisaient entrevoir la perspective d'un secours providentiel qui les rendrait à leurs foyers, puis les exhortaient au pardon des offenses, à la patience au milieu des tribulations, leur présentant l'éclat de la couronne promise au martyre, ils attendrissaient les cœurs aigris et relevaient les courages abattus. Poussant plus loin encore l'héroïsme de charité, plus d'une fois il leur arriva de se rendre au milieu des armées sarrasines, jusque sous la tente des sultans, et là, plaidant avec une sainte ardeur les droits de l'humanité, d'obtenir des adoucissements aux maux dont ils faisaient une navrante peinture.

Emu des bons offices que les Frères-Mineurs ne cessaient de prodiguer avec une inaltérable douceur aux membres souffrants de Jésus-Christ, le Souverain Pontife Grégoire IX adressa en leur faveur aux prélats d'Orient une lettre que l'on regarde à juste titre comme l'institution canonique des Frères-Mineurs dans ces contrées ; aussi croyons-nous devoir la donner ici :

« Grégoire, Evêque, Serviteur des serviteurs de Dieu, à tous les archevêques, etc...

» Si vous considérez attentivement la religion de l'Ordre des Frères-Mineurs, il vous sera facile de vous rendre compte que ces Religieux ne désirent aucunement les biens de ce monde. Loin de là. Pour base de leur Institut, ils ont posé la pauvreté et en font une profession toute spéciale ; aussi, toutes les fois que l'occasion s'en présentera, serez-vous disposés à leur accorder le concours de votre appui avec un empressement d'autant plus grand qu'ils ne cherchent ni n'ambitionnent aucun avantage temporel. C'est pourquoi, comme il est manifeste que, dans toutes leurs œuvres, ils n'ont en vue que le salut des âmes, Nous vous avertissons et vous exhortons tous dans Notre sollicitude et, par les présentes lettres apostoliques, Nous vous commandons qu'au cas où quelque fidèle voudrait fonder un oratoire dans vos paroisses en faveur des dits Frères-Mineurs, ou que ces Frères auraient eux-mêmes ce désir, vous leur prêtiez votre bienveillant concours et que vous permettiez à ceux d'entre eux qui en seraient capables, et qui en auraient reçu l'autorisation de leur Ministre Provincial, d'annoncer publiquement la parole de Dieu. Nous voulons en outre que vous ne perceviez sur eux ni dîmes, ni prémices, que vous n'acceptiez de leur part aucune oblation et, leur donnant tout droit pour eux-mêmes de sépulture ecclésiastique, que vous n'exerciez sur eux aucune juridiction à cet égard. De plus, quand vous en serez requis, ayez soin de bénir les cimetières que le Saint-Siège leur accorde pour leur usage. En aucun cas, sauf celui d'une commission expresse de ce même Siège, vous ne prononcerez contre eux ni interdit, ni excommunication. En vous conformant sur tous ces points à Notre volonté et à Notre ordre formel, vous vous montrerez vraiment zélés pour le bien de la religion et vous augmenterez l'affection et l'amour que Nous vous portons. Au cas contraire, vous Nous mettriez dans la nécessité de pourvoir à toutes ces nécessités par le moyen d'autres intermédiaires. »

Cette lettre porte la date de 1230.

Toutes les puissances de l'enfer soufflent pour éteindre, dans ces contrées d'où il est sorti, le flambeau de la foi. Hélas ! la flamme de ce flambeau a beaucoup perdu de sa vivacité, mais la mèche fume encore. Pour en raviver l'éclat, la famille du Séraphin d'Assise, seule à la tâche pendant près de sept siècles, fait les efforts les plus généreux. Restée après le départ de l'élément latin, officiellement mise par les Souverains Pontifes en possession des Lieux Saints, reconnue gardienne des sanctuaires chrétiens par les puissances ottomanes et les puissances occidentales, elle est toujours demeurée ferme, et, ni son isolement, ni ses privations, ni ses douleurs n'ont pu ébranler sa constance ou lui faire déserter ce poste de péril et d'honneur. Parfois l'emprisonnement, la mort même frappe tantôt un de ses enfants, tantôt une communauté tout entière; dans ce cas, de nouveaux Religieux viennent occuper la place laissée vacante par le supplice de leurs Frères et, s'exposant aux mêmes périls, poursuivent les mêmes travaux.

Mais dans les rangs de cette milice, quel sera le corps d'élite auquel sera dévolu l'honneur de monter la garde auprès du Berceau et de la Tombe de l'Homme-Dieu ? Le saint fondateur a tout prévu : « Que ceux des Frères, dit-il, au chapitre XII de sa Règle, qui, par l'inspiration de Dieu, voudront aller parmi les Sarrasins et les autres Infidèles, en demandent la permission aux Ministres provinciaux, mais que les Ministres ne l'accordent qu'à ceux qu'ils jugeront propres à cette mission. » Dans l'intention du Séraphique Patriarche, pas de privilège, ou d'exclusion. La Custodie de Terre-Sainte, perle des missions franciscaines, est, depuis le berceau de l'Ordre, ouverte à tous les Religieux de la famille, sans distinction de province ou de nationalité. Chacun d'eux peut prétendre au bonheur d'en faire partie. Pour obtenir cette faveur, il n'est requis d'autre condition que l'expression d'un désir inspiré d'En-Haut, jointe à une aptitude dûment constatée.

Essentiellement internationale dans la composition de son personnel, la Custodie de Terre-Sainte doit revêtir le même caractère dans son administration. La sollicitude des Pontifes romains, toujours si vigilante, a reconnu cette nécessité. Voici de quelle manière ils ont, dans leur sagesse, réglé cette question, après entente avec les puissances européennes :

Le chef de la Custodie, qui porte le titre de *Gardien du Mont-Sion*, est toujours Italien. Il est nommé par le Père Ministre Général de tout l'Ordre de Saint-François et confirmé par la Sacrée Congrégation de la Propagande. La durée de sa charge est de six ans.

Pour l'assister dans sa gestion, il est entouré :

1° D'un Vicaire custodial, toujours Français ;

2° D'un Procureur, toujours Espagnol ;

3° De quatre Discrets ou Conseillers : un Italien, un Français, un Espagnol et un Allemand.

L'Italie, la France et l'Espagne possèdent donc chacune deux représentants dans l'administration centrale ; l'Allemagne en possède un.

Comme celui de leur chef, le mandat de ces conseillers dure six ans. Leur réunion forme l'Etat-Major de la Custodie dont le siège est à Jérusalem dans le couvent de Saint-Sauveur.

CHAPITRE TROISIÈME

INTERNATIONALITÉ.

AINSI que nous venons de le voir, la mission de Terre-Sainte revêt un caractère d'internationalité dans l'intention de son fondateur, dans sa direction, dans la composition de son personnel. Il convenait qu'il en fût ainsi. Tout homme qu'il soit Français, Anglais, Italien, Allemand ou Belge, a été racheté par le sang précieux de l'Homme-Dieu. Dès lors, les augustes sanctuaires témoins des mystères ineffables de notre Rédemption sont le patrimoine de l'Eglise universelle; tous les fidèles y ont un droit égal. Aussi, pour les garder, ne suffisait-il pas d'un clergé pris dans les rangs d'un peuple unique; il fallait un Ordre nombreux, international; il fallait une sève riche et puissante en état de braver les orages de quelque côté qu'ils vinssent.

Or, quel arbre mieux que le vénérable tronc séraphique, dont les rameaux vigoureux s'étendent sur le monde entier, pouvait répondre à cette situation? De fait, jouissant de l'avantage du nombre, possédant les droits que donnent l'expérience, les services rendus, les souffrances endurées, le zèle apostolique poussé jusqu'aux dernières limites de l'oubli de soi-même, il a jeté en Terre-Sainte des racines plusieurs fois séculaires, toujours riches et vivaces.

Son internationalité fait la force de la Custodie, constitue une de ses plus puissantes raisons d'être. Aussi les Supérieurs ont-ils soin de l'affirmer et de l'entretenir. Dans une circulaire adressée à ses Religieux en 1891, le P. Jacques, de Castelmadama, alors Custode de Terre-Sainte, l'étudie. Se plaçant au-dessus des vues humaines,

Sa Paternité Révérendissime s'élève à des considérations fort remarquables :

« L'Œuvre de Terre-Sainte, dit-il, porte avec elle le caractère de toutes les institutions de l'Eglise de J.-C.; elles sont internationales. Disons-mieux : elles sont au-dessus des nationalités.

» Je m'explique. Leur caractère n'est pas celui d'un peuple ou d'une nation en particulier, mais celui de tous les peuples et de toutes les nations de la terre. J.-C. a appelé à lui toutes les nations à l'effet d'établir son règne, qu'il a dit être un royaume céleste, qu'il a nommé le règne de Dieu, précisément parce qu'il ne pouvait être celui de telle ou telle nation. C'est ainsi que le tout ne peut se trouver dans une de ses parties, mais les comprend toutes et est supérieur à chacune d'elles.

» Formée de la réunion des nations, l'Eglise ne saurait donc être nationale; elle est internationale. Nous avons même dit qu'elle est au-dessus des nations, en ce sens qu'elle fait abstraction des nationalités et cherche à faire du monde entier un peuple de frères, selon le vœu de son divin fondateur.

» Tel est le caractère que l'Eglise imprime à toutes les institutions qui naissent de son sein fécond.

» Or, l'Œuvre de Terre-Sainte est sortie du sein de l'Eglise et l'Eglise lui a imprimé son caractère d'internationalité qui doit lui être conservé.

» Elle rencontrera peut-être des contradictions quelquefois même du côté où elle devrait le moins les attendre. Mais Dieu sera avec nous tant que notre Œuvre conservera son cachet d'œuvre internationale que l'Eglise lui a donné. Oui, aussi longtemps qu'elle gardera cette empreinte caractéristique, elle demeurera institution de l'Eglise, fruit de l'Eglise, et Dieu, toujours présent avec l'Eglise, sera de même toujours avec notre Œuvre. »

De son côté, dans une lettre circulaire en date du 20 février 1891, la Sacrée-Congrégation de la Propagande déclare qu'aujourd'hui, aussi bien que dans le passé, cette œuvre est considérée comme *Œuvre internationale*. Il n'est pas hors de propos de citer les paroles autorisées de la dite Congrégation. « Le Saint-Siège non content de combler de tout temps ces Religieux (les Franciscains) des marques de sa bienveillance et des témoignages de sa bonté, a réglé en outre que l'Œuvre pie de Terre-Sainte n'était pas l'œuvre d'une seule nation, mais une Œuvre internationale. »

Rien ne semble donc plus certain, rien ne paraît être mieux établi que le principe d'internationalité au sein de la Custodie Franciscaine de Terre-Sainte. Cependant, qui le croirait? ce caractère lui est contesté, refusé même avec insistance. Cette erreur est le fait d'une illusion. Si toute nation est conviée à envoyer des représentants monter aux Saints-Lieux cette garde d'honneur, pour aucune le nombre des délégués n'est limité. Or, il arrive que dans tel Etat les appels de Dieu à ce poste de choix sont plus nombreux que dans tel autre. Il en résulte en faveur de cette nationalité une majorité accidentelle, toujours susceptible de se déplacer au gré de la Providence. Cela ne crée pas un privilège, encore moins un monopole. En droit comme en fait, l'Œuvre de Terre-Sainte est donc internationale. Le droit, nous l'avons longuement développé; le fait se trouve constaté dans les statistiques de la mission. Nous avons sous les yeux celle de 1908; elle accuse un personnel de 507 Religieux pris dans les rangs de 22 nations différentes. Où trouver dans un seul corps une réunion aussi variée d'éléments venus de tous les points du globe?

CHAPITRE QUATRIÈME

FANATISME MUSULMAN.

LA contradiction étant la pierre de touche des œuvres de Dieu, la souffrance ne pouvait manquer d'imprimer son cachet sur la Custodie de Terre-Sainte. Sa longue existence de sept siècles n'est qu'un tissu ininterrompu de luttes. Nous grouperons sous trois chefs principaux la série de ses épreuves : fanatisme sanguinaire de l'Islam, prétentions jalouses du schisme, malentendus répandus en Occident.

Le dogme fondamental de la religion musulmane, c'est la foi en un Dieu unique, dans lequel elle voit également unité de personne. S'éloignant à cet égard de la vérité catholique, elle s'en rapproche sur d'autres points, elle lui fait même certains emprunts : spiritualité de l'essence divine, immortalité de l'âme, résurrection des corps, jugement dernier, enfer pour les méchants, paradis pour les bons, mais quel paradis, hélas !

Une série de prophètes, au nombre desquels elle range J.-C. lui-même, a fait connaître aux hommes les volontés du ciel, mais de tous les prophètes, le plus grand c'est Mahomet. Le symbole de l'Islam se résume dans cette formule : « Dieu est Dieu, et Mahomet est son prophète. » Tel est le *Credo* que récite sans cesse le dévot disciple du Coran, la profession de foi que lance dans les airs le muezzin quatre fois par jour, quand de la plate-forme de son minaret, il convie le peuple à la prière.

Au nombre des maximes consacrées par la foi musulmane, figure le mépris pour l'infidèle qui ne croit pas à la mission divine de Mahomet, c'est un *ghiaour*, un blasphémateur, un chien. La mise à mort d'un seul chrétien y est réputée plus agréable à Dieu que plusieurs mois de jeûne. Cependant les premiers conquérants arabes se montrèrent tolérants envers le culte chrétien, respectueux même de ses sanctuaires. Si trop souvent le cimeterre s'est abattu sur la tête des gardiens des Saints Lieux, si les bûchers se sont allumés pour les dévorer, c'est moins l'effet du prosélytisme farouche du musulman que la conséquence du zèle divin de la charité pour le salut des âmes dont étaient dévorés les missionnaires. Traitable dans le commerce ordinaire de la vie, l'adepte du Coran devenait animé de la susceptibilité la plus chatouilleuse, enflammé du fanatisme le plus cruel sitôt qu'était mise en doute la vertu de son Prophète. Il n'était plus alors d'autre alternative que l'adoption de l'islamisme ou la mort.

A cette première cause de souffrances pour les fils de saint François s'en joignaient d'autres encore. Entre les disciples des deux symboles, l'état de guerre était permanent. Parcourez l'histoire depuis la fondation de la Custodie franciscaine de Terre-Sainte, vous ne voyez entre chrétiens et musulmans que guerres suivies de trêves, que combats entrecoupés d'armistices. Les deux civilisations inconciliables se choquent, se heurtent sans cesse sur les champs de bataille. Or, ces efforts incessants de l'élément chrétien pour briser l'étendard du Prophète, pour au moins opposer une barrière à ses empiétements, en irrite les défenseurs. L'ennemi était hors des atteintes de leur courroux, mais les Frères-Mineurs que leur fidélité aux sanctuaires constituait dans la condition d'otages entre leurs mains ressentaient les contre-coups de ces colères. Plusieurs fois ils seront emprisonnés pour ce motif, enfermés dans des cachots où certains trouveront la mort.

Ces représailles de guerre était bien pénibles sans doute; les conditions précaires où étaient constitués les Religieux n'étaient pas un moindre tourment. Pour eux, rien de stable, rien de défini. L'arbitraire, l'injustice, les vexations les plus odieuses pour leur extorquer de l'argent semblaient être la loi, tant la reproduction en était fréquente. « Je connais votre genre de vie, disait un jour

un gouverneur de Jérusalem au XVIIᵉ siècle au Supérieur
de la Custodie (1) : « Je sais que vous vous contentez de
vêtements pauvres, usés, rapiécés. Si donc les princes
chrétiens vous envoient des secours, c'est pour que vous
me donniez des vêtements précieux et de grandes sommes
d'argent. » De fait, pour le contraindre à lui livrer les
ressources de la mission, le cupide fonctionnaire mit dans
les fers le malheureux Religieux et lui fit subir mille
tourments. Le Père ne mourut pas dans les cachots, mais
de combien de ses confrères, tantôt sous un prétexte, tantôt
sous un autre, le sol inhospitalier de l'Orient but le
sang. Le pal, le fer, le feu, la croix, mille autres genres
de supplices inventés par la cruauté du bourreau étaient
toujours suspendus sur la tête des fils de saint François,
toujours prêts à s'abattre selon la fantaisie sanguinaire
des maîtres du pays. Feuilleter même d'une main rapide
ce long martyrologe, nous mènerait trop loin. Qu'il nous
suffise de dire que depuis l'an 1244 où les farouches
Karismiens tranchèrent la tête à tous les Franciscains qu'ils
rencontrèrent à Jérusalem jusqu'à l'année 1895 où le P.
Salvator, Supérieur de la mission franciscaine de Terre-
Sainte à Moudjouk-Dérési, dans le vilayet d'Alep, tombait
sous les coups des musulmans, le livre d'or de la Custodie
franciscaine de Terre-Sainte compte plus de deux mille
Religieux victimes de leur dévouement envers ces contrées infortunées.

1. C'était le célèbre annaliste Quaresmius.

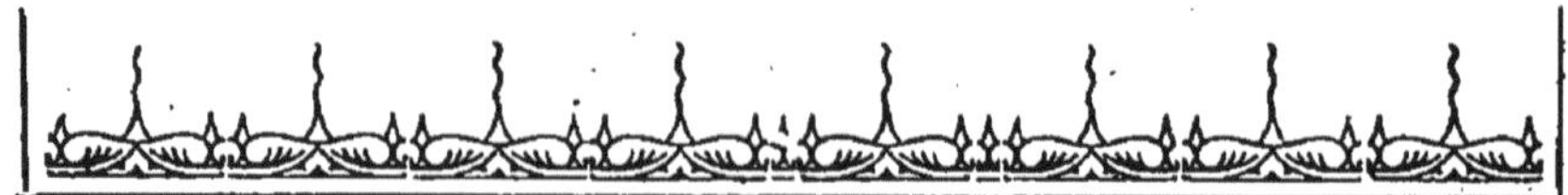

CHAPITRE CINQUIÈME

PRÉTENTIONS JALOUSES DES SCHISMATIQUES.

Aux yeux des schismatiques, Grecs et Arméniens, les Latins sont des usurpateurs dont il importe de se débarrasser à tout prix. Dans cette vertueuse campagne, ni trêve, ni repos. Le caloyer est cette mouche inlassable, agaçante, qui, cent fois chassée, cent fois revient à la charge. Pour déposséder ses compétiteurs, tous les moyens lui sont bons : ruses, surprises, calomnies, faux, parjures, violences, meurtres, achat des consciences vénales. « Jusqu'ici les Latins ont joui de ce lieu, répondait un jour le grand vizir à un ambassadeur chrétien, mais le sultan, mon maître, veut que désormais il soit occupé par les Grecs. » L'or de ces derniers avait été pesé dans la balance et en avait faussé les plateaux.

Ce n'est pas là un fait isolé. Citons avec détails un autre trait; il éclairera la situation.

C'était en 1810, deux ans après le terrible incendie allumé dans la basilique du Saint-Sépulcre par une main restée mystérieuse dans l'espoir d'y demeurer ensuite sans partage importun.

Les Arméniens ne possédaient aucun droit à Bethléem. Désireux de s'y implanter et sachant qu'ils n'avaient aucun acte de complaisance à attendre de la part des Grecs plus enclins à ravir qu'à donner, ils se firent suppliants près des Latins et les conjurèrent au nom du baptême qui leur était commun avec eux, de les laisser célébrer les saints mystères les jours de fêtes sur un autel en bois, dans le bras droit de la basilique qui recouvre la sainte Grotte de la Nativité de N.-S. J.-C. Ils seraient bien réservés, apporteraient et enlèveraient chaque fois leur mobilier, demeureraient toujours attachés à leurs bienfaiteurs, leur témoigneraient une reconnaissance éternelle, etc. Le boniment était touchant.

Les Frères-Mineurs n'avaient pas à se louer de leur attitude, mais le véritable serviteur de Dieu est miséricordieux. Sans rancune pour le passé, les Pères eurent la naïveté de croire à la fidélité de l'avenir et acquiescèrent à une requête présentée en termes si humbles.

Au début tout alla bien. Pendant quatre ans, les Arméniens scrupuleux observateurs de la convention, apportaient et retiraient exactement leur autel. Mais nul fardeau n'est pesant comme celui de la gratitude, puis cette double opération, à chaque cérémonie, était fatigante. Construire un autel en pierres serait bien plus commode. Pour le cas où les Latins se plaindraient, on aurait des dents et des poings à leur montrer.

Il fut fait ainsi. L'autel s'éleva et les cérémonies d'hebdomadaires devinrent quotidiennes. En Orient, en fait de meuble possession vaut titre. Ils étaient là et, le désir aidant, ils se persuadèrent qu'ils y étaient de temps immémorial. Ce fut la réponse qu'ils opposèrent aux réclamations des Franciscains. Comment donc aussi ces moines occidentaux étaient-ils assez osés pour faire entendre de telles prétentions! Jusqu'ici les Orientaux, seuls maîtres légitimes du lieu, avaient toléré que les Européens traversassent leur terrain pour se rendre à la Crypte, mais puisque ces gens se montraient si impertinents, désormais tout passage leur demeurerait interdit. Ces arguments furent présentés au Cadi. Celui-ci les pesa... au poids de l'or et les trouva sans réplique. Mais les enfants de saint François, malgré la détresse qui les obligeait à se restreindre même sur leur nourriture, avaient encore prélevé sur leur nécessaire quelques pièces d'or à mettre dans l'autre plateau de la balance. En considération de cette avance, le magistrat décida que les Franciscains, bien que n'étant pas propriétaires du sol, continueraient à traverser la chapelle sur une natte large de quatre palmes. Décidément ce Cadi était un homme honnête!

Un succès, même partiel, est un encouragement, puis peut-on laisser une œuvre inachevée? De plus, comment les cœurs seraient-ils tournés vers Dieu quand les yeux doivent être constamment braqués pour voir si l'alignement de la procession franciscaine est bien gardé, si le bout des sandales ne dépasse pas de quelques millimètres les nattes réglementaires? Ces considérations ne sont-elles pas sérieuses? Ainsi le comprit le pacha de Damas qui, moyennant un *bakchiche* de cent mille piastres (1) se fit le protecteur de la piété arménienne. Ce fonctionnaire décida donc que désormais les Frères-Mineurs ne traverseraient plus ladite chapelle et que même la porte de communication serait murée.

Par cette sentence inique les Pères de Terre-Sainte se voyaient interdit l'accès régulier de la sainte Grotte. Ils suspendirent d'abord la pratique de leur procession immémoriale, puis, craignant que leur abstention n'établît une prescription contre leur droit et ne pouvant, faute de ressources, se faire rendre justice, ils reprirent leur ancienne coutume, mais durent passer par l'escalier intérieur. Tout pourtant finit par s'arranger; le mur fut démoli et les Franciscains retrouvèrent leur droit de passage.

Les Arméniens supportaient avec peine le retour à un usage dont ils avaient obtenu l'abolition. Les choses en vinrent au point que la diplomatie dut intervenir. Pour forcer au respect des conventions signées, elle fit placer dans le pavé de la chapelle, objet de si nombreuses contestations, une ligne de clous qui partait de la porte rétablie sur l'escalier latin et conduisait à la Grotte. L'intention était bonne, mais bien simple qui, près des Orientaux, s'endort sur la foi des traités. Les Arméniens n'enlevèrent pas les clous, mais ils les couvrirent. Chaque jour, leurs nattes gagnaient quelques centimètres sur la partie latine. Les Pères firent des observations, mais comment ouvrir les yeux d'un aveugle volontaire? Les représentations amicales n'obtenant aucun effet, ils adressèrent

1. La piastre turque vaut 23 centimes de notre monnaie.

au Consul de France à Jérusalem une plainte officielle; celui-ci la transmit à l'ambassadeur.

Cependant les mois se passaient, les nattes gagnaient toujours du terrain et nulle réponse n'arrivait. La situation devenait inquiétante, quand, un beau soir, la sentinelle turque de faction dans la basilique s'endormit. A son réveil des ciseaux facétieux avaient rogné toute la partie usurpée par les nattes.

Le sacristain arménien ne tarda pas à arriver. A la vue du dégât, le pauvre homme, tout morfondu, va prévenir ses confrères. Tous arrivent. Hélas ! ce n'était que trop vrai : une main gouailleuse avait ruiné en un instant plusieurs mois de patients efforts. Et pas un morceau à recoudre, pas la moindre rognure comme pièce justificative ! Un balai, complice du méfait, a tout fait disparaître !

Le lendemain, dès le matin, grand émoi dans les cercles officiels. Le patriarche porte plainte au pacha de Jérusalem et demande réparation de ce qu'il appelle violation du droit acquis. Le pacha accuse les Franciscains auprès du Consul; le Consul fait venir le Supérieur de la mission; le Supérieur déclare ne rien savoir de toute l'affaire. Le Père Gardien de Bethléem fait la même réponse; la communauté tout entière est également dans l'ignorance des faits. Le Consul adresse alors un rapport télégraphique à l'ambassadeur et insiste sur le préjudice que porterait au Protectorat des Lieux Saints la remise des nattes et du tapis. Si cette dépêche eût été transmise, tout eût été réglé de suite, mais le pacha de Jérusalem, que l'on peut croire sans témérité avoir été gagné par l'or des Arméniens, la retint et expédia au grand vizir une protestation contre la conduite des Franciscains.

Trompé par la fausse relation du pacha, l'ambassadeur donna ordre au consul de tout faire remettre dans le *statu quo antea*, et d'exiger la punition des Religieux coupables; en même temps, il lui reprochait de ne l'avoir pas informé du fait. Le consul communiqua ces instructions au Président custodial faisant office de Custode, et le pria de s'y confirmer. « Monsieur le Consul, répondit celui-ci, un tel ordre est une défaite pour votre gouvernement, un déshonneur pour nous, une consécration de l'injustice. Faites ce que bon vous semblera. Pour nous, nous n'agirons pas ; le Discrétoire s'y oppose ! Quant à des coupables, nous n'en connaissons pas. — Vous avez raison, réplique le consul. On nous joue puisque mon télégramme n'est pas arrivé. Que le gouvernement turc agisse lui-même, s'il le veut. »

Trois jours se passent. Le quatrième, grand branle-bas ! Un peloton de soldats commandés par un officier, le Supérieur des Arméniens, quelques moines et des nattes neuves arrivent de Jérusalem. Les Franciscains qui ont tout vu, se précipitent dans la basilique et se mettent à se promener sur le terrain devenu libre. L'officier leur commande de se retirer, il en frappe même de son sabre. Plusieurs étaient décorés ; ils attachent leurs décorations sur leur bure. L'officier qui voulait les expulser est contraint de leur faire présenter les armes.

Il y avait deux heures et demie que les Franciscains poursuivaient leur promenade silencieuse. La position de l'officier placé entre les Arméniens qui le poussaient à la violence et les Frères-Mineurs qui le tenaient en respect par leur attitude calme et passive, devenait singulièrement ridicule, quand le drogman du consulat arrive de Jérusalem. Il adresse aussitôt quelques mots au malheureux officier. Celui-ci se tournant alors vers les Latins, leur dit : « Mes Pères, vous êtes des braves. Votre conduite est admirable. Ce terrain est bien à vous maintenant. Oubliez ce qu'une consigne sévère m'a obligé de faire à votre égard. » En même temps, il leur donne le salut militaire, commande aux Arméniens de rentrer dans leur couvent et se retire lui-même ensuite avec ses soldats.

Tout s'expliqua sur l'heure. Le Consul avait envoyé un second rapport plus explicite que le télégramme intercepté. L'ambassadeur, mieux informé, avait détrompé le grand-vizir. Les premiers ordres avaient été révoqués et dans sa réponse, l'ambassadeur félicitait le Consul et les Pères dont la façon d'agir avait sauvé les droits de la catholicité, droits, disait-il, qui eussent été irrévocablement perdus si les nattes avaient été remises en place (1).

L'incident se termina donc pacifiquement et sans effusion de sang. Mais en combien d'autres circonstances, que le défaut de place nous empêche de rapporter ici, les héroïques défenseurs des Lieux-Saints laissèrent la vie !

1. Voir *Saint François et la Terre-Sainte*.

CHAPITRE SIXIEME

MALENTENDUS RÉPANDUS EN EUROPE.

POURQUOI faut-il qu'en Occident des critiques, désireux du bien, mais mal informés, viennent ajouter aux douleurs que nous venons de narrer le contingent de rapports inexacts!

On accuse les Franciscains de n'avoir jamais rien su faire en Orient, pas même conserver les sanctuaires dont ils avaient la garde. Tout au plus, leur accorde-t-on d'avoir su mourir martyrs.

Ils sont morts martyrs! Et n'est-ce pas déjà quelque chose de grand? Le martyre ne compte-t-il donc plus pour rien dans l'Eglise de Dieu? Ainsi ne pensait pas saint François. Un jour, il apprend que cinq de ses Frères envoyés par lui au Maroc, y sont morts martyrs. Tout à coup, saisi d'un saint enthousiasme, il s'écrie : « Dieu soit à jamais béni? Maintenant je suis assuré par sa grâce d'avoir au moins cinq véritables Frères-Mineurs. » Ce qui le transporte jusqu'au ravissement, ce n'est pas une bonne réception ménagée à ses enfants, ce n'est pas leur zèle pour annoncer la parole de Dieu, ce n'est pas même les fruits de salut opérés dans les âmes par leur ministère. Il entend dire que cinq de ses fils ont enduré le martyre pour J.-C. Aussitôt, éclairé d'une lumière céleste, il éclate en un cantique d'actions de grâces et les transports de sa joie ne connaissent plus de limites. O François, avec quelle complaisance vous devez contempler la longue liste de vos enfants qui ont pris de la Custodie de Terre-Sainte le chemin du ciel par la voie du martyre!

Les Franciscains ont donc été martyrs en Terre-Sainte. Mais est-il bien vrai qu'ils n'y aient jamais rien fait autre chose?

N'est-ce rien que leur établissement, leur séjour, leurs progrès au milieu d'un peuple infidèle dont le cimeterre est toujours levé quand il s'agit de leur Prophète?

N'est-ce rien que le réveil et le maintien de la foi dans le cœur de malheureux chrétiens profondément abattus?

N'est-ce rien que les abjurations d'hétérodoxes, schismatiques ou protestants, les réconciliations de renégats, les baptêmes d'adultes, juifs ou musulmans, en nombre sans doute inférieur aux élans du zèle, mais étonnant pourtant dans un pays où la diffusion de la foi se heurte à tant de difficultés?

N'est-ce rien que la conquête, l'entretien et la conservation des plus augustes sanctuaires, au milieu d'obstacles faits pour déconcerter le courage le plus persévérant?

N'est-ce rien que tant de paroisses desservies, tant d'écoles fondées, tant de secours distribués, tant de couvents entretenus?

Vous qui pensez et dites que tout cela n'est rien, pesez toutes ces œuvres au poids du sanctuaire, et répondez si vraiment tant de travaux ne seront comptés pour rien par le juste Juge au grand jour de la reddition des comptes.

On dit encore que les Franciscains n'ont pas su conserver les sanctuaires dont ils avaient la garde.

Pour être juste, que l'on dise en même temps au prix de quelles peines, de quels sacrifices, de quelles douleurs, ils les avaient acquis. A leur arrivée, tous étaient tombés au pouvoir des Musulmans. Qui pourra jamais narrer tout ce qu'il a fallu d'efforts, de patience, d'abnégation pour les arracher un à un à la servitude? Là, s'ouvrent des prisons, se dressent des échafauds; dans un endroit le couteau de l'exécuteur écorche vif un Religieux, dans un autre la flamme du bûcher dévore son enveloppe mortelle.

Il est vrai, et je ne fais pas difficulté de l'avouer, quelques sanctuaires payés de leur sang, leur ont été enlevés. Ils ont perdu l'église de Saint-Jérémie à Abougosche sur la route de Jaffa à Jérusalem, la Grotte des Pasteurs dans la plaine de Bethléem, le Tombeau de la Très Sainte Vierge dans la vallée de Josaphat, le Saint Cénacle au Mont Sion.

Mais ces sanctuaires, dans quelles conditions les ont-ils perdus? Le Grec est entré dans la Grotte des Pasteurs et dans le Tombeau de l'Auguste Marie; le Mahométan a pénétré dans l'église de Saint-Jérémie et dans le lieu à jamais béni de la Cène. Mais jamais ni le disciple de Photius, ni celui de Mahomet ne franchit l'enceinte de ces monuments sacrés sans avoir rencontré auparavant une résistance énergique, sans avoir parfois immolé sur le seuil jusqu'au dernier Religieux.

Or, je le demande : la troupe qui pour défendre le terrain conquis par sa valeur et confié à sa vigilance, se fait tuer à son poste jusqu'au dernier homme, cette troupe-là, mérite-t-elle la flétrissure du lâche et du déserteur? Les grands hommes de l'antiquité païenne versaient des larmes sur le courage malheureux de leurs ennemis vaincus. L'histoire n'a conservé le souvenir que d'un seul chef barbare qui, abusant de son triomphe, se soit écrié : *Væ victis!* Malheur au héros dont les armes ont trahi la vaillance. Dans le cas présent, s'il est un fait qui ait le droit de nous surprendre, c'est qu'au milieu de difficultés si diverses, si considérables et sans cesse renaissantes, les Franciscains aient acquis et conservé tant de sanctuaires et en aient perdus si peu. Evidemment le doigt de Dieu est là!

On dit encore qu'en allant en Terre-Sainte, les Franciscains caressent l'arrière-pensée de se ménager pour leurs vieux jours une petite situation assez agréable. « Envoyés par leurs Supérieurs pour quelques années seulement, écrit un pèlerin de marque dont nous tairons le nom, ils ne jettent pas dans ces pays de profondes racines; ils n'en apprennent pas du tout ou pas assez le langage; ils ne semblent y être qu'en passant; ils disent volontiers avec le psalmiste (1) : « *Non habemus hic manentem civitatem, sed aliam inquirimus.* » C'est qu'en effet ils n'ont pas dit à la patrie un éternel adieu. Quand le temps de leur séjour en Terre-Sainte sera expiré, ils auront gagné, avec un titre parmi leurs frères, le droit de choisir, pour y finir, leurs jours, entre tous les couvents de leur Ordre; c'est vers cet avenir, qui les distrait un peu du présent, que trop souvent ils tournent leurs regards. »

On est peiné d'entendre le noble descendant de preux chevaliers se faire l'écho d'un langage si peu fier. Non, des hommes sérieux ne quittent pas en masse, ne fût-ce que pour quelques années, patrie, famille, habitudes, ne vont pas habiter un pays, où deux mille de leurs aînés ont trouvé une mort violente, où quatre mille autres ont été frappés de la peste, où leur vie à eux-mêmes courra certains risques, pour le frivole avantage de s'asseoir à table après leur retour « sur un banc de bois » plus haut que le jeune profès de la veille. Nous reconnaissons bien que tous ne finissent pas leurs jours en Palestine : la santé, le rappel des Supérieurs, mille autres circonstances peuvent motiver un rapatriement. Mais donner ces départs comme le fait de la généralité, ou simplement même du plus grand nombre, c'est commettre une erreur. Nous avons sous les yeux le relevé des mouvements de l'année 1786 à l'année 1856, extrait des archives mêmes de la Custodie. Or, dans le cours de cette période de 70 ans, l'Ordre séraphique a envoyé en Terre-Sainte, 1.790 Religieux. De ce nombre, 802, leur stage fini, retournèrent dans leurs Provinces respectives; 988, la majorité donc, resta. Parmi ces derniers, 367 passèrent à une vie meilleure épuisés par les travaux, les privations, les souffrances physiques et morales; 489 furent fauchés par la mort en pleine activité de service; 4 furent massacrés

1. La science exégétique de notre érudit critique est en défaut. Le texte qu'il nous met ironiquement sur les lèvres n'est pas emprunté au « Psalmiste », mais à saint Paul, Ep. aux Hebr. ch. XIII, v. 14. Il appartient au Nouveau et non pas à l'Ancien Testament.

par les Musulmans, 6 par les schismatiques; 117 succombèrent victimes de la peste; 5 furent engloutis par les flots.

Quant aux 802 qui ont quitté la mission, leur désistement a-t-il eu pour cause le mobile futile qu'on lui attribue? Non! J'ai maintes fois compulsé la Règle, les constitutions, la législation tout entière concernant cette matière. Or, je l'affirme sans crainte de démenti : si dans certains cas particuliers, ce *Corpus Juris* accorde une préséance, dans aucun il ne laisse le choix de la résidence.

Tel est le droit. Si nous passons aux faits, nous constatons que la pratique est en parfaite harmonie avec les textes. Voici 33 ans que je m'occupe de la Terre-Sainte. Au cours de cette période supérieure à un quart de siècle, j'ai vu plusieurs Religieux de différents pays réintégrer leurs Provinces d'origine; en touchant le sol natal, chacun rentrait sous la juridiction des Supérieurs respectifs. Ceux-ci, sans laisser le missionnaire, à son retour d'Orient, choisir sa résidence ou son emploi, lui assignaient telle demeure et tel office qu'ils jugeaient convenables et le changeaient à leur gré, ainsi qu'ils le faisaient pour tout autre Religieux. Le sujet reprenait au milieu de ses confrères le rang que lui donnaient les constitutions de l'Ordre. Quant à une exception, un privilège, un titre quelconque, jamais il n'y en eut trace.

CHAPITRE SEPTIEME

POSITIONS.

Les limites assignées au zèle apostolique de la Custodie de Terre-Sainte sont très étendues ; elles embrassent les contrées visitées par le saint fondateur : Palestine, Syrie, Arménie, Ile de Chypre, Basse-Egypte. Jetons sur chacune des positions un coup d'œil rapide.

I. — Palestine.

Judée. — *Jérusalem.* Couvents de Saint-Sauveur, du Saint-Sépulcre et de la Flagellation. Paroisse latine (3.491 fidèles (1) ; orphelinat de garçons (60 enfants), de filles (60 également) ; école de garçons (155 élèves) enseignant l'arabe, le français, l'italien et l'anglais, de filles (260), enseignant l'arabe, le français et l'italien ; école professionnelle, divers ateliers ; pharmacie ; imprimerie ; hôtellerie (2), qui dans le cours de l'année 1908 a reçu 1492 pèlerins ; sanctuaires de la Grotte de l'Agonie, du Jardin de Gethsémani, du *Dominus Flevit*, du Saint-Cénacle transféré à Saint-Sauveur, de la Flagellation. De plus dans la basilique du Saint-Sépulcre :

1. Tous les chiffres donnés dans ce chapitre se refèrent à l'année 1908.

2. Par ordre de la Sacrée-Congrégation de la Propagande, dans tous les couvents de la Custodie Franciscaine de Terre-Sainte, l'hospitalité est absolument gratuite. Donne qui veut donner ; jamais rien n'est réclamé. C'est un des besoins auxquels doivent pourvoir les offrandes des Jeudi et Vendredi Saints dont nous parlerons bientôt (ch. IX). De ce seul chef, ladite Custodie dépense annuellement plus de cent mille francs (Rapport de l'année 1908 qui accuse 594,436 frs pour les cinq dernières années, soit une moyenne de 118,887 frs, 20 c. par an).

a) Sur le Calvaire : le lieu où N.-S. fut dépouillé de ses vêtements, celui où il fut attaché à la Croix, ceux où se tenait la Très Sainte Vierge pendant le douloureux crucifiement de son divin Fils, dit : Chapelle des Francs, celui où elle se transporta quand fut plantée la Croix, appelé : Chapelle de l'*Addolorata;*

b) Au pied du monticule du Calvaire, un droit partagé avec les schismatiques sur la pierre où fut embaumé le corps inanimé de Jésus, dit : Pierre de l'Onction;

c) Un droit partagé avec les Grecs et les Arméniens schismatiques sur le Saint-Sépulcre;

d) Le lieu où d'après une pieuse tradition, le Sauveur ressuscité apparut à sa Très Sainte Mère; c'est le chœur de la communauté franciscaine;

e) La place où il apparut à Marie-Madeleine qui le prit pour un jardinier;

f) L'endroit où sainte Hélène retrouva la vraie Croix;

Sur la voie douloureuse : cinquième et sixième station.

Mont des Oliviers. Droit sur la mosquée de l'Ascension le jour de la solennité du mystère.

Bethphagé. Lieu où N.-S., quelques jours avant sa Passion, monta sur une ânesse pour entrer triomphalement à Jérusalem par la Porte Dorée du Temple.

Béthanie. Emplacement de la maison de sainte Marthe et tombeau de Lazare.

Bethléem. Couvent; paroisse (5.172 latins); école de garçons (30 élèves) enseignant l'arabe, le français, l'italien, l'espagnol et l'anglais, de filles, (500 élèves) enseignant l'arabe et le français; hôtellerie qui dans la présente année, a reçu 5.227 pèlerins; sanctuaire de la Nativité de N.-S. J.-C. avec plein droit :

a) Sur le sol même de la naissance de N.-S.;

b) Sur l'endroit où fut déposé l'Enfant-Jésus dans la crèche;

c) Sur celui où se tenaient les Mages pour adorer l'Enfant nouveau-né;

d) Sur le groupe des grottes de saint Joseph, des Saints Innocents, de saint Jérôme, des saintes Paule et Eustochie.

Plus loin, propriété exclusive sur la Grotte du Lait;
Sur le versant de la colline : Maison de saint Joseph;
Dans la plaine : Droit sur la Grotte des Pasteurs.

Emmaüs. Résidence; sanctuaire de la Fraction du Pain; collège pour les jeunes aspirants à l'Ordre séraphique; hôtellerie qui, en 1908, a hébergé 1.218 pèlerins; 10 latins.

Saint-Jean-in-Montana (Aïn-Karem). Couvent; paroisse (250 latins); école de garçons (35 élèves), de filles (18 élèves); aumônerie des Dames de Sion; deux sanctuaires : Nativité de saint Jean-Baptiste et Visitation. L'hôtellerie a reçu 3.630 visiteurs.

Ramleh. Résidence; paroisse (115 latins); école de garçons (20 élèves), enseignant l'arabe et le français, de filles (40 élèves); hôtellerie (170 pèlerins); sanctuaires des saints Joseph d'Arimathie et Nicodème.

Jaffa. Résidence; paroisse (1.000 latins); école de garçons (50 élèves) enseignant l'arabe, le français et l'italien, de filles (18 élèves) enseignant les mêmes langues; hôtellerie où sont descendus toujours dans le cours de l'année 1908, 2.161 pèlerins; sanctuaire transféré de saint Pierre.

Jéricho. Chapelle sur l'emplacement de la maison de Zachée.

GALILÉE. — *Saint-Jean d'Acre.* Résidence; paroisse (130 latins); école de garçons (30 élèves) enseignant l'arabe, le français et l'italien. L'hôtellerie a reçu 20 visiteurs.

Nazareth. Couvent; paroisse (1.279 latins); école de garçons (182 élèves) enseignant l'arabe, le français, l'italien et l'anglais; hôtellerie qui a reçu 2.194 pèlerins; sanctuaires de l'Annonciation, de l'Atelier de saint Joseph, du rocher dit : *Mensa Christi,* des collines de l'Effroi et du Précipice.

Moujeidel. Mission. 48 latins; école de filles (15 élèves) enseignant l'arabe

Jaffa de Galilée. — Maison de Zébédée, père des apôtres Jacques et Jean.

Naïm. Maison de la veuve, mère du jeune homme ressuscité.

Sephoris. Sanctuaire de Sainte-Anne.

Cana. Résidence; paroisse (69 latins); école de garçons (15 élèves), de filles (9 élèves); sanctuaires des noces et de saint Barthélemy.

Mont Thabor. Résidence; sanctuaire de la Transfiguration; hôtellerie où ont été reçus l'an dernier 543 pèlerins.

Tibériade. Résidence; 21 latins; sanctuaire de saint Pierre; pèlerins 1.748.

Capharnaüm. Maison pour garder le Lieu-Saint.

Caiffa. Résidence.

II. — Syrie.

Saïda. Résidence; paroisse (263 latins); école de garçons (39 élèves). Langues enseignées : arabe et français. C'est l'ancienne Sidon.

Deir-Minas. 250 latins; école de garçons (50 élèves), de filles (38 élèves) enseignant l'arabe.

Sour. Résidence; paroisse (120 latins); école de garçons (85 élèves) enseignant l'arabe, le français et l'anglais. C'est l'ancienne Tyr.

Beyrouth. Résidence; chapelle publique.

Damas. Couvent; paroisse (235 latins); école de garçons (26 élèves) enseignant l'arabe et le français.

Harissa. Résidence; école de garçons qui reçoit 40 enfants.

Tripoli-Ville. Résidence; 55 latins; école de garçons (66 élèves) enseignant l'arabe.

Tripoli-Port. Résidence; école de garçons fréquentée par 42 enfants.

Lataquich. Résidence; 120 latins; école de garçons (48 élèves) enseignant l'arabe, le français et l'italien.

Alep. Couvent; paroisse (1.000 latins); collège (200 élèves) enseignant l'arabe, le turc, le français, l'italien, l'allemand et l'anglais; école de garçons (500 élèves); œuvres diverses.

Alexandrette. Résidence.

Bagegaz. Mission; 158 latins; école de garçons (93 élèves) de filles (20 élèves). Langue : arabe.

Kassab. Résidence; 50 latins; trois écoles de garçons (117 élèves) enseignant le turc, le français et l'italien; de filles (50 élèves).

Knaie. Résidence; paroisse (677 latins); école de garçons (66 élèves), de filles (79 élèves). Langues enseignées dans les deux écoles : arabe et italien.

III. — Arménie.

Aintab. Résidence; paroisse (666 latins); école de garçons (148 élèves) enseignant le turc, l'arménien, le français et l'italien, de filles (91 élèves) enseignant le turc et le français.

Nisib. Mission avec 25 familles catholiques environ.

Don-Kalé. Résidence; paroisse (330 latins); école de garçons (36 élèves) enseignant le turc, et de filles (24 élèves) enseignant même langue.

Yénigé-Kalé. Résidence; paroisse (308 latins); école de garçons (60 élèves), de filles (72 élèves). Langue enseignée : le turc; orphelinat (23 enfants).

Kars-Pazar. Mission pour une centaine de familles.

Marach. Résidence; paroisse (570 latins); école de garçons (166 élèves) enseignant le turc, le français et l'italien, de filles (128 élèves) enseignant le turc.

Moudjouk-Dêrési. Résidence; 125 latins; écoles de graçons (17 élèves), de filles (12 élèves). Langue enseignée : le turc.

IV. — Ile de Chypre.

Larnaca. Couvent; paroisse (300 latins); école de garçons (37 élèves) enseignant le grec, le français et l'italien.

Limassol. Résidence; 50 latins; école de garçons (20 élèves) enseignant le grec, le français et l'italien, de filles (25 élèves) enseignant le grec et le français.

Nicosie. Couvent; paroisse (330 latins); école de garçons (50 élèves) enseignant le grec, le français et l'italien, de filles (70 élèves) enseignant le grec et le français.

V. — Basse-Egypte.

Alexandrie. 1° Couvent de Sainte-Catherine; paroisse (40.000 latins); plusieurs écoles réunissant 200 enfants qui apprennent l'arabe, l'anglais, le français et l'italien.
2° *Marine.* Ecole de garçons (116 élèves) enseignant les mêmes langues.
3° Moharrem-Bey. Résidence; œuvres charitables.

Ramleh-les-Alexandrie. Résidence; église succursale de Sainte-Catherine.

Le Caire. 1° Mouski. Couvent; paroisse (25.000 latins); école de garçons (140 élèves); en 1908 on a reçu 55 pèlerins.
2° *Boulacq.* Résidence; 25.000 latins; plusieurs écoles enseignant les quatre langues sus-indiquées.
3° *Ismaïlia.* Résidence; succursale de la paroisse de Mouski.

Damanhour. 235 latins; école de garçons (26 élèves) enseignant l'arabe et le français.

Damiette. 62 latins; école de filles (50 élèves) enseignant l'arabe.

Ismaïlia du Canal. Résidence; paroisse (800 latins); école de garçons (206 élèves), de filles (140 élèves). Langues enseignées dans les deux écoles : français, italien, anglais.

Kafr-el-Zaiat. Résidence; 48 latins; école de filles (50 élèves).

Mansourah. Résidence; 207 latins; école de filles (60 élèves) enseignant l'arabe, l'italien, le français, l'anglais.

Port-Saïd. Résidence; paroisse (8.870 latins); école de garçons (172 élèves) enseignant l'arabe, l'italien, le français et l'anglais.

Port-Temfik. 480 latins.

Rosette. Résidence; 18 latins.

Suez. Résidence; paroisse (1.259 latins).

RÉCAPITULATION.

Religieux	507
Couvents et Résidences	56
Sanctuaires	65
Paroisses, Succursales, Chapelles, Missions	73
Aumôneries	8
Collège d'Instruction secondaire	1
Ecoles	59
Orphelinats	3
Dispensaires pour le public	6
Infirmerie pour les Religieux	1
Collège Séraphique	1
Noviciat	1
Maisons d'études pour les Religieux	6
Imprimerie	1
Ateliers	8
Hôtelleries pour les pèlerins	9

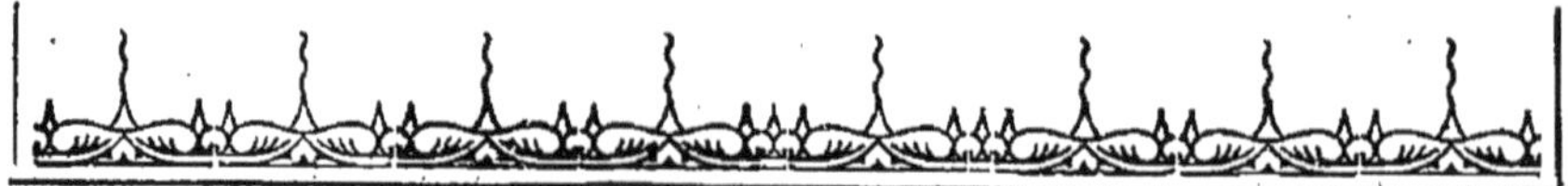

CHAPITRE HUITIÈME

FRUITS SPIRITUELS

LE premier devoir du missionnaire qui défriche une terre infidèle est de chercher à y faire mûrir une riche moisson d'âmes à J.-C. Les disciples de l'homme que l'Eglise qualifie de « foncièrement apostolique » n'eurent garde de négliger cette partie importante de leur mandat. Voilà sept siècles que la milice franciscaine poursuit cette dure campagne. Elle trouva les chrétiens dispersés et sans force; elle les rechercha, les ranima, les instruisit. En même temps, elle soulageait leur misère, défendait leurs intérêts, élevait leurs enfants, entretenait leur foi, leur montrait le chemin du ciel. Les sanctuaires étaient désolés, tombés au pouvoir des Musulmans. Qui pourra jamais dire tout ce qu'il a fallu de patience, d'efforts, d'héroïsme aux Frères-Mineurs pour les arracher un à un à la servitude des fils de Mahomet! Deux milliers des leurs tombèrent martyrs dans cette lutte gigantesque, mais cette armée pacifique, sans s'étonner des vides faits dans ses rangs, se reformait, poursuivait son œuvre, conservait à la catholicité les plus riches joyaux de sa couronne de sanctuaires.

Le zèle de la maison de Dieu les dévorait; mais ils savaient que, si la maison de Dieu ce sont les temples matériels consacrés au culte de sa divine Majesté, ce sont bien plus encore les âmes rachetées par le sang de J.-C. Leurs efforts tendaient donc à faire passer les brebis errantes sous la houlette du vrai Pasteur. Mais que de difficultés ils rencontraient dans l'accomplissement de cette grande œuvre! D'abord la loi musulmane punissait de mort tout disciple de Mahomet qui désertait la bannière du Croissant pour se ranger sous l'étendard de la Croix. Si elle n'édictait pas la même peine contre les juifs qui recevaient le baptême, elle reconnaissait du moins à leurs familles le droit de l'appliquer, et celles-ci n'hésitaient pas à user de ce droit. Quant aux schismatiques, la liberté était plus grande, mais que de fois jadis en Palestine, les disciples de Photius, grâce à la vertu puissante de l'or hétérodoxe, ont obtenu des firmans obligeant, sous peine d'amende, de prisons, de châtiments plus graves encore, les catholiques à embrasser leurs erreurs! Il n'était pour eux d'autre moyen de se soustraire à cette contrainte tyrannisant les consciences que de produire des documents légaux prouvant que leurs familles respectives comptaient un ou deux siècles de profession de foi dans notre sainte religion. En somme, ce n'est que depuis la guerre de Crimée, en 1855, et le Hati-Houmayon de 1856 que date une ère de plus grande tolérance.

Dieu n'a pas prononcé un arrêt de réprobation éternelle contre cette partie séparée du troupeau chrétien. Actuellement les conversions peuvent s'opérer sans qu'on ait trop à redouter d'avoir maille à partir de ce chef avec les tribunaux. La sécurité pourtant n'est pas absolue. Un regard jeté de quelques années seulement en arrière nous montrerait le Père curé de Knaie assailli à coups de fusil pour avoir réconcilié avec l'Eglise dans sa paroisse quelques familles d'Arméniens schismatiques.

Le flambeau de la foi, grâce au zèle inlassable des fils de saint François, n'a donc jamais cessé d'être présenté aux habitants de ces contrées malheureuses. Les chiffres ont une éloquence particulière. Nous aimerions à présenter les résultats obtenus. Pour les motifs que nous venons de donner et en raison des perquisitions sans cesse opérées dans leurs couvents, les missionnaires ne pouvaient en tenir registre aux siècles passés; c'est donc un secret dont Dieu se réserve actuellement la connaissance et qui ne sera révélé qu'au grand jour de la manifestation des œuvres. Pour les temps présents, nous sommes plus heureux. Le R. Père Marcellin, de Civezza, l'érudit annaliste franciscain dont les travaux viennent de jeter un si vif éclat sur l'histoire des missions de son Ordre, a publié en 1891 une statistique dont les chiffres sont consolants. C'est d'abord le nombre des conversions enregistrées de l'année 1768 à l'année 1855. Pour cette période de 87 ans, la liste des convertis donne un total de 3.432, soit une moyenne un peu supérieure à 40 conversions annuelles.

Une lacune dans les registres ne nous permet pas d'évaluer le nombre des conversions obtenues de 1855 à 1861, mais nous savons que dans le cours de ces six années plusieurs centaines d'Arméniens schismatiques ont été réconciliés avec l'Eglise à Marache et aux environs.

Nous sommes plus heureux de 1862 à 1888. Dans ce court laps de temps, nous lisons les noms de 860 infidèles, Juifs ou Musulmans, et de 2.475 schismatiques de différents rites ou de Protestants orientaux de sectes diverses, soit pour un quart de siècle, un total de 3.335 âmes gagnées à la foi et une moyenne de 126 par an.

Ce n'est pas tout. Le même travail mentionne la conversion en nombre relativement considérable d'Européens protestants, apostats ou renégats, que les Franciscains ont ramené au giron de l'Eglise de 1855 à 1868, celle en outre d'un nombre important d'Africains et d'Asiatiques de passage à Jérusalem ou dans les autres lieux de la mission franciscaine de Terre-Sainte.

Nous pourrions encore parler de plusieurs centaines de nègres émancipés par le baptême, et de nombreux Coptes ou Abyssins convertis à Jérusalem. Contentons-nous de signaler :

1° 2 païens ;

2° 22 diacres, prêtres séculiers ou moines, de divers rites schismatiques ;

3° 2 malheureux prêtres apostats, l'un de prêtre maronite devenu grec schismatique, l'autre prêtre français passé au protestantisme ;

4° 72 protestants d'Angleterre, de Suisse, d'Allemagne, d'Autriche, de France, de Russie, d'Italie, de Belgique,

de Danemark, des Etats-Unis d'Amérique et même de
l'île d'Haïti.

Terminons cette nomenclature en disant que durant ces
87 années, 26 renégats, c'est-à-dire 26 catholiques de-
venus musulmans étaient ramenés par nos Pères à la foi
de leur baptême.

C'est ainsi que ces malheureux renégats, ces apostats,
ces schismatiques, ces protestants, trouvèrent en Palestine le bon Samaritain qui pansa et guérit les blessures
de leurs âmes et du sentier où ils allaient se perdre,
les ramena dans la voie du salut.

Actif et fructueux est donc le ministère des Frères-
Mineurs, membres de la Custodie franciscaine de Terre-
Sainte. Après cet exposé, nous sommes bien en droit de
conclure avec le regretté Père Marie-Léon Patrem dont le
travail sur cette question (1) nous a été d'un précieux
concours que c'est bien à tort que certains voyageurs,
après un coup d'œil trop rapide, les représentent « comme
gardant une inaction prétendue et menant sans se soucier
de manier la faucille du missionnaire, dans les champs mû-
rissants du Père Famille, une vie exclusivement consacrée à chanter pacifiquement et indolemment les louanges
du Seigneur, dans les sanctuaires de Palestine. »

1. Voir *Tableau Synoptique,* etc.

CHAPITRE NEUVIÈME

RESSOURCES

Dès le berceau du christianisme, l'Apôtre des Nations se préoccupe dans sa première Epître aux Corinthiens, comme il s'en était ému auprès des Galates, de la situation pénible de Jérusalem. Les temps des splendeurs de la ville sainte n'étaient plus. La cité forte de David, la capitale opulente de Salomon, déchue de son rang de souveraine, dépouillée de tout l'éclat de sa gloire, réduite à l'humble condition de mendiante, tournait déjà vers des régions plus fortunées un regard suppliant et leur tendait une main amaigrie par les privations et les souffrances.

Voilà dix-neuf siècles que saint Paul adressait aux chrétiens de l'isthme grec son appel de charité, mais le temps, loin de réparer les désastres d'alors, n'a fait qu'amonceler sur de premières ruines des ruines nouvelles. La terre est devenue, stérile, les édifices sont délabrés, les transactions insignifiantes, par suite les habitants misérables. Ces vignes aux grappes merveilleuses, dont l'Ecriture nous a laissé le souvenir, ont disparu; ces plaines de Saaron, d'Esdrelon, de Jéricho, dont les moissons luxuriantes portaient l'abondance dans les greniers de Jérusalem, ne savent plus produire que de maigres épis; ces montagnes dont les flancs et la cime se paraient d'une riche chevelure d'arbres vigoureux, ne présentent plus aux regards fatigués du pèlerin que leurs squelettes décharnés et osseux.

Tel est le pays aux besoins duquel sont chargés de pourvoir les pauvres Frères-Mineurs. Dénués de ressources, ils ne peuvent rien par eux-mêmes. Mais ils sont les représentants de l'Eglise, et l'Eglise étend sur eux sa paternelle sollicitude. Nombreuses sont les lettres par lesquelles les Souverains Pontifes pressent les chrétiens de venir par leurs aumônes au secours des régions malheureuses d'où leur a été apportée la foi. Anciennement une quête était faite quatre fois par an dans toutes les églises et chapelles publiques. Cette pieuse pratique est tombée en désuétude. Ce n'est plus qu'une seule fois qu'est sollicitée la charité des fidèles en faveur de leurs frères d'Orient. Prenant de bons désirs pour une réalité, on s'est persuadé que cette quête donnait une somme considérable. On a imprimé qu'en France elle produisait plusieurs millions. La vérité est tout autre. Nous regrettons de ne pas avoir sous les yeux le contingent fourni par chaque diocèse, mais nous sommes en mesure d'affirmer que le total ne dépasse guère cent trente mille (130.000) francs. C'est quelque chose sans doute, et la Custodie est reconnaissante à ses bienfaiteurs auxquels elle applique les suffrages dont nous parlerons tout à l'heure. Mais cette somme est relativement minime. Veuille la divine Providence inspirer aux âmes généreuses la bonne volonté de l'augmenter !

Dans le but de stimuler le zèle en faveur des Lieux-Saints et de montrer l'importance que l'Eglise attache au succès de cette quête, nous croyons opportun de donner ici le dernier document pontifical relatif à cette question. En voici la traduction :

« Tenant sur la terre, malgré Notre indignité, la place de Notre Sauveur et Seigneur Jésus-Christ qui, pour la rédemption du genre humain s'est anéanti lui-même en se rendant obéissant jusqu'à la mort, et à la mort de la croix, Nous sommes chaque jour assailli par les soucis multiples et de si haute importance de cet Apostolat suprême.

» Cependant, c'est avec une vigilance particulière et une sollicitude toute spéciale que Nous Nous appliquons à ce que les monuments, témoins d'un Mystère si auguste et si salutaire, qui existent encore dans la ville de Jérusalem et des alentours soient conservés dans l'état le plus digne et le plus saint possible, et aussi à ce que les conseils et les prescriptinos à ce sujet des Pontifes romains, Nos prédécesseurs, obtiennent leur plein effet.

» Dès les temps les plus reculés, en effet, ces mêmes Pontifes tournant leurs regards vers ces Lieux empourprés du sang précieux du Verbe fait chair, ont porté les nations chrétiennes à recouvrer le Sépulcre de J.-C. et quand, pour la seconde fois, il tomba au pouvoir des Infidèles et que les Frères-Mineurs de l'Ordre de saint François d'Assise purent les garder, jamais ils n'ont cessé, mettant en œuvre tous les moyens en leur pouvoir, de prendre en mains les intérêts de cette garde sacrée et de pourvoir, selon les temps et les circonstances, aux nécessités occurrentes des dits Frères que ni les persécutions, ni les vexations, ni les tourments les plus cruels n'ont jamais pu détourner de cette entreprise si importante.

» Pour ces motifs, les dits Pontifes n'ont cessé, soit de vive voix, soit par des Lettres Apostoliques adressées d'une manière très instante aux Patriarches, aux Evêques et aux autres Ordinaires du monde entier, de prescrire aux fidèles commis à leur sollicitude respective l'offrande et la centralisation d'aumônes pour la défense des Lieux-Saints. Plusieurs Lettres Apostoliques données tantôt sous le sceau de plomb et tantôt sous l'anneau du Pêcheur, ont établi des règles à ce sujet. Toutes sont unanimes à statuer que dans tous les diocèses de l'univers les Ordinaires soient tenus, en vertu de la sainte obéissance, de déterminer des jours pour recueillir des aumônes en faveur des Lieux-Saints. En dernier lieu, Pie VI, d'heureuse mémoire, Notre Prédécesseur, par Lettres commençant ainsi : *Inter cœtera divinorum abdita arcana*, datées du 31 juillet 1778, données sous le sceau de plomb, décréta que quatre fois par an, les Prélats recommanderaient à la pieuse charité des fidèles les besoins de la Terre-Sainte.

» Présentement Notre bien-aimé fils Bernardin de Portogruaro, Ministre Général des Frères-Mineurs de saint François d'Assise, dits de l'Observance, Nous fait exposer qu'avec les années les besoins croissent sans cesse et que les ressources fournies par les aumônes des fidèles ne suffisent plus à la garde des Lieux-Saints. Le motif en est surtout qu'un siècle s'étant écoulé depuis la dernière constitution du Pape Pie VI, d'heureuse mémoire, les Ordinaires regardent cette prescription comme tombée en désuétude, la négligent et n'apportent pas à recommander les aumônes pour les Lieux-Saints la sollicitude convenable. Aussi Nous a-t-il humblement supplié que Nous daignions pourvoir à cet état de choses dans la plénitude de Notre pouvoir Apostolique.

» Nous donc qui avons tant à cœur une garde d'une si haute importance, désirant aquiescer aux prières qui Nous sont adressées, de Notre autorité Apostolique, par la vertu des présentes, Nous décrétons d'une manière durable et perpétuelle que Nos Vénérables Frères, les Patriarches, Archevêques, Evêques et autres Ordinaires du monde entier soient tenus par le lien de la sainte obéissance, de veiller à ce que dans toute église paroissiale de leurs diocèses respectifs, une fois au moins chaque année, soit le Vendredi-Saint, soit, au gré de l'Ordinaire, un autre jour à son choix, les besoins des Lieux-Saints soient exposés à la charité des fidèles.

» De plus, par la même autorité, Nous interdisons et défendons expressément que l'on ait l'audace ou la témérité de changer ou convertir, en autres usages les aumônes perçues pour la Terre-Sainte, quel qu'en ait été le mode de perception.

» C'est pourquoi, Nous ordonnons que les aumônes recueillies de la manière qui a été dite, soient remises par le Curé à l'Evêque, et par l'Evêque au Commissaire le plus proche pour la Terre-Sainte de l'Ordre de Saint-François. Quant à ce dernier, Nous voulons qu'il fasse en sorte de les transmettre sans retard à Jérusalem au Custode de Terre-Sainte, comme cela se pratique. »

Suivent les formules ordinaires qui terminent les lettres apostoliques. Celle-ci, donnée sous le sceau du Pêcheur, est datée du 26 décembre 1887, dixième année du Pontificat de Léon XIII et porte la signature du cardinal Ledochowski, alors Préfet de la Sacrée Congrégation de la Propagande.

La générosité des fidèles envers la Custodie franciscaine de Terre-Sainte n'est pas pour eux sans retour de profits spirituels. Ils ont part à toutes les prières, bonnes œuvres, mortifications accomplies par les Religieux. De plus, toutes les messes célébrées dans les principaux sanctuaires de Palestine par les membres de la Custodie sont appliquées sans honoraires, sauf de rares exceptions, à l'intention du Souverain Pontife, des Souverains catholiques et des bienfaiteurs de la dite Custodie. Or, le nombre de ces messes dépasse trente mille par an. Au premier coup d'œil ce chiffre paraît exagéré. Mais si l'on considère le nombre élevé des Religieux que nécessitent le fonctionnement des différents services que nous avons énumérés, l'étonnement disparaît. Pour avoir droit à ce trésor incomparable, il suffit de faire à la Custodie une offrande proportionnée à ses moyens. Dieu fait à chacun la répartition des suffrages dans sa bonté et sa justice. Le moyen de venir en aide aux Pères Franciscains de Terre-Sainte, c'est soit d'envoyer une aumône au Révérendissime Père Custode de Terre-Sainte, Couvent de Saint-Sauveur, à Jérusalem, par Jaffa, Palestine, soit de remettre la somme que l'on destine à cette œuvre au R. P. Commissaire de Terre-Sainte, chargé dans chaque pays des intérêts de cette mission, soit de verser son argent dans le plat généralement placé près de la croix proposée à l'Adoration des fidèles, le Jeudi et le Vendredi Saints.

CHAPITRE DIXIÈME

COMMISSARIATS

Nous avons plusieurs fois fait allusion à l'office du Commissaire de Terre-Sainte. Le moment est venu de parler plus en détail de ce Religieux, de faire connaître son emploi, ses attaches à la Custodie.

Reléguée aux plages orientales de la Méditerranée, environnée d'une population plutôt hostile, située dans une région où les ressources, tant en nature qu'en numéraire, font défaut, la mission avait besoin de représentants qui la missent en relation avec le monde chrétien, prissent ses intérêts, la pourvussent de toutes choses. Telle est la tâche du Commissaire de Terre-Sainte. Il est son fondé de pouvoirs auprès des autorités gouvernementales, adnistratives, civiles, judiciaires. Lui faut-il un appui? surgit-il une difficulté? c'est le Père Commissaire qui doit s'aboucher avec les juridictions compétentes, fournir les explications, soutenir les droits de ses mandants, apaiser les conflits, tout mettre en œuvre pour faire triompher la cause confiée à sa vigilante sollicitude. Il doit en outre centraliser le montant des quêtes que visait le chapitre précédent, provoquer, avec prudence et dans la mesure d'une sage discrétion, des dons particuliers, adresser en Terre-Sainte les fonds recueillis et les objets en nature dont le défaut lui a été signalé. C'est lui encore qui prépare le départ des Religieux qu'une vocation divine appelle au service des Lieux-Saints et les embarque. De même, il reçoit ceux qui, pour une cause quelconque, viennent d'Orient en Occident et les dirige sur leur destination respective. La fonction d'un Commissaire de Terre-Sainte est donc d'une importance sérieuse.

Sans parler de l'Amérique, les principaux Etats d'Europe ont des Commissaires : la France, l'Italie, la Belgique, l'Angleterre, l'Autriche, l'Allemagne, la Hollande possèdent les leurs. Celui de Paris porte le titre de Commissaire Général. La Corse a son Commissaire. L'Italie en compte plusieurs. Celui de la Belgique, dont le siège est à Gand, étend son action sur la Belgique et le Luxembourg. Celui d'Angleterre réside à Manchester. Il a tout le royaume-uni : Angleterre, Ecosse, Irlande, etc.

L'institution des Commissariats remonte à plusieurs siècles. La tourmente révolutionnaire qui marqua la fin du XVIIe siècle et le commencement du XVIIIe et emporta dans son tourbillon tant d'établissements religieux, fit sombrer celui de Paris. La France gouvernementale ne renonça pas pourtant à sa position privilégiée en Orient. Son impiété chassait Dieu de son sein, mais son patriotisme lui dictait dans le Levant une attitude extérieurement chrétienne. Sur son sol, adorer Dieu était un crime puni de mort; en Terre-Sainte, ses agents recevaient pour instructions, même aux jours de la Terreur, de paraître publiquement en grand uniforme aux exercices du culte; au temps de Pâques, de remplir leurs devoirs de catholiques.

C'était quelque chose, mais les sources de l'élément religieux étaient supprimées en France; les fils de la nation très chrétienne faisaient défaut dans les rangs des gardiens des sanctuaires. Français, payons à la Custodie un juste hommage de gratitude. Les Constitutions accordent certaines dignités aux Religieux français : le Vicaire custodial et un Discret sont toujours français. Le Supérieur du Saint-Sépulcre, de Bethléem, de Nazareth, sont alternativement italiens, français et espagnols. L'élément français est absent. L'arbre séraphique semble définitivivement déraciné du sol de la France. Il ne pousse aucun rejeton et rien ne fait prévoir qu'il doive reprendre vie. Si l'accusation qu'on porte contre certains Religieux étrangers de prétendre être seuls les maîtres en Terre-Sainte était fondée, quelle précieuse occasion s'offrait à eux de biffer les prérogatives attribuées à la France et de se les attribuer. Mais non. Les Religieux français sont leurs frères. Si actuellement l'Ordre franciscain dort en France d'un sommeil prolongé, ce sommeil peut ne pas être celui de la mort. Il faut qu'à son réveil, il trouve la position intacte. On nommera des dignitaires qui forcément ne seront pas français, mais pour sauvegarder les droits des manquants et empêcher la prescription de s'établir contre la France, à chaque acte de nomination on aura soin d'ajouter cette clause : « Pour un Français. » Loin de nous irriter donc contre les empiétements prétendus des représentants des autres nations, saluons avec reconnaissance leur délicatesse.

Non ! le sommeil qui pesait sur les paupières de l'Ordre franciscain en France n'était pas le sommeil de la mort. Le réveil se produisit en 1849. A cette date, un vénérable Père espagnol de Terre-Sainte qui partout a laissé sur son passage un parfum de vertu, le T. R. P. Joseph Aréso, était envoyé d'Egypte en France avec la double mission de fonder une Province de son Ordre et de relever le Commissariat de Terre-Sainte. Ce saint Religieux recueillit partout les plus vives sympathies, mais, absorbé par les travaux que nécessitait la fondation de sa Province, il ne pouvait apporter à la création du Commissariat une application utile ; il se démit de cette charge.

Son successeur reçut, lui aussi, l'accueil le plus empressé et près du public et près du gouvernement. Celui-ci comprit combien il importait au maintien du prestige de la France en Orient d'y envoyer des Religieux français. Il favorisa donc de tout son pouvoir l'éclosion des vocations franciscaines et le développement du Commissariat. Parfaitement au courant des besoins de la Custodie et des efforts que faisaient les autres nations pour lui venir en aide, il adressa à tous les Evêques de France une lettre circulaire qui les invitait à rétablir dans leurs diocèses respectifs la quête du Vendredi-Saint. Quelques-uns répondirent à cet appel. Une tournée que fit plus tard dans les évêchés un autre Père Commissaire en détermina certains autres. La lettre pontificale dont nous avons donné la traduction au chapitre précédent, enleva l'adhésion des hésitants. Aujourd'hui à peine est-il deux ou trois diocèses qui, pour certaines raisons particulières, n'ont pas encore introduit chez eux cette tradition de charité.

La position du Commissariat paraissait donc établie d'une manière stable. Deux jugements de Tribunaux de Première Instance, un arrêt de Cour d'Appel, deux décisions du Conseil d'Etat l'autorisant à recevoir des libéralités testamentaires faites en faveur de la Custodie et contestées par les héritiers naturels, lui donnaient une existence légale. Mais rien n'est fixe ici-bas. La tempête qui en 1880 balaya les établissements religieux d'hommes en France lui fit courber la tête. Mais ce ne fut qu'un nuage passager. Si le Père Commissaire fut appréhendé au corps par les hommes de la police et jeté dans la rue avec son personnel, lui et ses aides étaient réintégrés dans leur domicile le treizième jour.

Le service fonctionna sans être inquiété jusqu'en 1903. A cette date néfaste, un ouragan d'une force bien supérieure à celui de 1880 l'enleva et en dispersa les membres sans que jusqu'ici il leur ait été possible de se rejoindre. Est-il dissous pour cela? Non! Les éléments qui le composaient sont disséminés. La fonction du Père Commissaire privé de ses auxiliaires est rendue plus difficile, mais elle s'exerce quand même. On avait à craindre que la loi de Séparation entre l'Eglise et l'Etat, augmentant les besoins des diocèses, ne tarît la source des aumônes de la Semaine-Sainte. Le Père Commissaire s'est ému de cette difficulté; il a visité plusieurs évêques, a écrit aux autres. La presque totalité des Prélats lui ont assuré que rien ne serait changé aux usages à cet égard. Il ne reste donc qu'à conjurer le Seigneur de désarmer son bras, de jeter sur son peuple affligé un regard de miséricorde et de mettre un terme aux épreuves qui oppressent notre pauvre patrie.

CHAPITRE ONZIÈME

PROTECTORAT

LE jour où par la conquête d'Omar, la Palestine cessa d'être terre chrétienne, la situation des disciples de J.-C. devint fort précaire. Le Kalife avait bien laissé à leur tête leurs patriarches respectifs, mais l'action de ces prélats était soumise aux dispositions, quelquefois bienfaisantes, plus souvent hostiles, des représentants de l'autorité gouvernementale, et fréquemment leur protection était inefficace. Cette situation pourtant demeura telle jusqu'à la fondation du royaume latin de Jérusalem. La période de l'occupation française fut l'âge d'or pour les chrétiens de ces contrées. Mais, quand le trône des Bouillon et des Lusignan se fut effondré dans le désastre d'Hattine et que la chute de Saint-Jean d'Acre en eut dispersé jusqu'aux derniers débris, la situation devint lamentable. Les chrétiens des rites orientaux catholiques ou schismatiques furent bien placés sous la juridiction de leurs patriarches. Ces dignitaires ecclésiastiques étaient les chefs à la fois civils et religieux de leurs ouailles, reconnus sous ce double point de vue dans les bérats d'investiture, autorisés par suite à traiter directement et sans intermédiaire avec la Porte Ottomane. Quand donc les intérêts de leurs « nationaux », pour employer le terme consacré en Orient, se trouvaient compromis, ils avaient qualité pour en prendre officiellement la défense. Leur voix, il est vrai, se perdait souvent sans écho; c'était du moins une barrière opposée à l'arbitraire tyrannique du maître, un frein qui, s'il n'enrayait pas toujours l'injustice, arrivait à en atténuer l'effet.

Plus malheureuse était la condition des latins. Le patriarche de Jérusalem, qui avait montré tant de zèle pour la défense de Saint-Jean d'Acre, avait péri au lendemain de la défaite; il n'eut pas de successeur. Par suite, cette fraction du troupeau catholique se trouvait sans appui. Pour qu'elle eût un soutien, il fallait qu'une puissance occidentale de premier ordre la prît sous sa protection. Or, la France, par l'éclat de ses armes, par l'importance des services rendus, s'était acquis une situation prépondérante; elle était par suite toute désignée pour remplir cette mission, ce fut sa gloire de l'avoir acceptée. Depuis saint Louis, disons mieux : depuis Charlemagne qui reçut d'Haroun-Al-Raschid les clés du Saint-Sépulcre, elle jouit de cet insigne privilège. Ce mandat que lui ont valu à la fois son titre de fille aînée de l'Eglise et ses exploits dans ces contrées infidèles, elle en est justement fière. Elle signa avec la Porte des traités connus sous le nom de Capitulations; elle passa avec les autres Etats des conventions qui reconnaissaient son droit et elle en reçut confirmation du chef de l'Eglise. Nous avons dit de combien d'éléments divers se compose la Custodie franciscaine de Terre-Sainte. Or, quel que soit le climat où ils ont vu le jour, du moment où ils franchissent le seuil du couvent franciscain en Orient, tous reconnaissent la France pour leur protectrice, abritent sous le drapeau de la France leurs intérêts religieux, recourent au Consul de France pour la solution de tout conflit qui peut surgir avec les schismatiques ou autres relativement à la garde des sanctuaires et dans leurs solennités liturgiques appellent sur le gouvernement de la France les bénédictions de Dieu.

Le protectorat de la France, établi *ab antiquo*, a été dans la dernière moitié du siècle dernier reconnu et ratifié par le traité de Berlin.

Restreinte aux seuls catholiques, l'action de la France est nulle vis-à-vis des dissidents. Pour ces derniers, sans avoir un Protectorat reconnu et défini, la Russie soutient plus particulièrement les Grecs séparés, puis, aux termes de la convention de Chypre, qui du reste n'a pas obtenu un assentiment général, l'Angleterre a assumé certaines responsabilités au sujet des Arméniens.

La fille aînée de l'Eglise est donc toujours en Orient le sergent de Dieu. Sans compromission avec l'erreur, elle maintient au service de la vérité la vaillance de son épée et l'habileté de ses diplomates.

Jalouse de conserver à notre patrie son inestimable privilège, Rome le sanctionna naguère encore de sa suprême autorité. Dans une circulaire en date du 22 mai 1888, la Sacrée Congrégation de la Propagande s'exprimait en ces termes au nom du Souverain Pontife. « On sait, disait-elle, que depuis des siècles, le Protectorat de la nation française a été établi dans le pays d'Orient et qu'il a été confirmé par des traités conclus entre les gouvernements. Aussi, l'on ne doit faire à cet égard absolument aucune innovation. Le Protectorat de cette nation, partout où il est en vigueur, doit être religieusement maintenu, et les missionnaires doivent être informés que, s'ils ont besoin d'aide, ils recourent aux consuls et autres agents de la nation française. »

Cette disposition, l'auguste vieillard du Vatican daignait plus tard la renouveler et la confirmer dans une lettre adressée au cardinal Langénieux, archevêque de Reims. « La France, écrivait le Vicaire de J.-C. a en Orient une action à part que la Providence lui a confiée, noble mission qui a été consacrée non seulement par une pratique séculaire, mais aussi par des traités internationaux, ainsi que l'a reconnu de nos jours Notre Congrégation de la Propagande par sa déclaration du 22 mai 1888. Le Saint-Siège ne veut en rien toucher au glorieux patrimoine que la France a reçu de ses ancêtres et qu'elle entend, sans nul doute, mériter de conserver en se montrant toujours à la hauteur de sa tâche. »

C'est sur ce touchant témoignage du Père commun des fidèles pour notre patrie que nous voulons clore notre travail.

TABLE DES MATIÈRES

IMPRIMÉ PAR DESCLÉE, DE BROUWER ET Cⁱᵉ.

41, RUE DU METZ. — 6.792.